秋のモザイク

Translated to Japanese from the English version of

Mosaic Of Autumn

Ajita Sharma

Ukiyoto Publishing

All global publishing rights are held by

Ukiyoto Publishing

Published in 2023

Content Copyright © Ajita Sharma

ISBN 9789360168919

All rights reserved.
No part of this publication may be reproduced, transmitted, or stored in a retrieval system, in any form by any means, electronic, mechanical, photocopying, recording or otherwise, without the prior permission of the publisher.

The moral rights of the author have been asserted.

This is a work of fiction. Names, characters, businesses, places, events, locales, and incidents are either the products of the author's imagination or used in a fictitious manner. Any resemblance to actual persons, living or dead, or actual events is purely coincidental.

This book is sold subject to the condition that it shall not by way of trade or otherwise, be lent, resold, hired out or otherwise circulated, without the publisher's prior consent, in any form of binding or cover other than that in which it is published.

www.ukiyoto.com

目次

バーニング・サイレンス	1
リトル・ファイヤーズ	3
最後に	5
死：脱出	7
眠れない目	9
サイレント・ランゲージ	11
太陽、春、そしてあなた	13
愛	15
ミラージュ	16
永遠に燃え続ける	18
待機	19
記憶を超える道	21
内観	23
言葉と自由	24
語られなかった言葉	26
見えない部品	28
開かれた刑務所	30
秘密の共有	32
決して遠くない	34
夢	36
焼かれる運命	37
無名のまま行方不明	39

沈黙の糸	41
私の墓	43
秋の延長	44
戦争と春	46
再会	48
淀んだ悲しみ	50
あなたの不在	52
光のシェア	54
渇き	56
簡単ななぞなぞ	57
唯一の宝物	59
私の歌	60
未読	62
くすぶる夜	64
行方不明	66
思い出の道	68
破壊された楽園	70
手放す	72
著者について	74

Ajita Sharma

バーニング・サイレンス

誰も私の声を聞かなかった。
では、誰が私の叫びを聞いてくれるのか？
私は暗い夜に静かに泣く。
そして朝
花のような笑顔を貼り付ける。
自分自身と世界を欺く。
悔いなく、胸を張って。
年老いた、星のような瞳の渋い装い
苦悩の崩壊を隠す。
つの空のクレーターが残された。
時々、火山のように溶岩を吹き出す。
おそらく、溶けた眠りの夢の断片だろう。
それでもまだ、抜け出そうともがいている。
涙が頬を伝う。
マグマのように燃えさかる炎は、逃げ出す前に固まり、私を解放する。
何百万個もの破片が巻き込まれたままだ。
私の中に破片のように残っている。

2　秋のモザイク

彼らの無数の疑問は永遠に封印される。
古い死体の有刺鉄線の後ろ。

Ajita Sharma

リトル・ファイヤーズ

夜が明けた
しかし、何も変わっていない
火はまだ燃えている
燃えさかる炎が渦巻く
火花が散る
そして私の素肌に落ちる
だんこう
肌に触れた瞬間
私の肩の上では、小さな斑点が灰になっている。
しかし、そのエッセンスを私に渡してほしい
彼らは私に地図を焼き付ける。
舌を出す
私の濡れた舌に火花が散る
小さな火を飲み込む
喉がカラカラ
百万粒の砂のように

秋のモザイク 4

私の内側をすり減らす
私の中の何千もの声が詰まる
しかし、飢餓は続いている。
はるかな蜃気楼
妄想が膨らむ
恐ろしい煙が立ち上っている。
鼻孔を満たす
大混乱の中で。

/ Ajita Sharma

最後に

森の中で迷子になりたい
丘の上
私のこの落ち着かない心
一瞬たりともどこにもいさせてくれない
私はただ引きこもって、孤独の中にたたずんでいたい。
この重荷を背負うのはとても疲れる
それは私の肩にのしかかっている。
私の翼はその爪に挟まれた。
しばらく目を閉じて眠りたい。
法螺貝を吹く前に
最後に、大好きな悪夢の夢を見たい。
幽霊はとても身近に感じられる
彼らの爪が私の皮膚に突き刺さっている。
手を離すのが怖くなる
しかし、反響する夢のまばゆい周辺部
視界が悪い

私の死を映し出している
千差万別
この朽ちた至福のどこかに

死：脱出

死は逃避である
苦痛、悲惨、苦悩から
死は歌だ。
耳を傾けずにはいられない。
私たちが捨てられるのは人生ではない。
それは逸脱も救助もない死である。
それは説明のない出会いである
私たちが必死に避けている究極の真実
夢の静寂の中で、それはどのように悲鳴を上げるのか。
熱心に釘を打つ
忘却の至福の回想の中で
静謐な催眠術
より長く
迂回することなく、道路に広がる
溶けた舗装の
皮膚を削り取る

妄想の存在

そして面白おかしく、私たちを未知の迷路にさらす。

眠れない目

眠れない目と
夜は更けていく。
誰かが私のために目を覚ましてくれている。
どこか遠くへ
彼の優しい足音が響く
私の心のすぐそばを通り過ぎる
私の鼓動のリズムは、彼の歩調とシンクロする。
私は窓を開けっ放しにして、明白なことを否定している。
湿った空気が私の髪を湿らせている。
カールに垂れる雫
枕に頭を横たえる、
母の声が頭の中に響く。
彼女はかつてこう言った。
「果たせなかった夢は、時間とともに傷口となる。

彼女はどうやってその言葉を身につけたのだろう。

彼女がこの言葉を口にしたとき、どんな思いが頭をよぎったのだろうか。

その美しくも疲れた目には悲しみがあったのだろうか？

彼女のため息は、古い憧れのさざめきだったのだろうか？

それとも、彼女は私に自分の欠点が映っているのを感じたのだろうか？

しかし、あなたの存在が単なるキメラであるはずがない。

長い間、蜃気楼を追いかけていたわけじゃないだろう？

奈落の底に引き込まれていくような気がするのはなぜだろう？

サイレント・ランゲージ

さあ、しばらく静かに座ろう。

そして私たち2人だけが知っている言語を発明する。

音に汚染されていない言葉もある、

そして時間を超えた意味を持つ。

存在する言葉では満足できない。

その先に耳を傾ける、

目だけで会話しよう。

制限に縛られていたときは、愛はとても簡単なものに思えた。

ゆっくりと、それは私を蝕み、私の存在の核心に達した。

あなたの前で、私はどれほど濡れていることか。

私は愛と痛みの区別がつかない。

私の存在におけるあなたの反響の大きさを、言葉で表現できるだろうか？

だから、沈黙のうちに話そう。

秋のモザイク

そうでなければ、ただ空を見つめているだけでいい。

夜の天球へ

月明かりが頬に残る。

そして私の目に映る満月。

Ajita Sharma

太陽、春、そしてあなた

太陽が手のひらからこぼれ落ちるたびに
必死にキャッチしようとする。
でも、それは僕から離れ続けている。
そして、私は玄関で待っている憂鬱な夜に戻る。
親密さの真珠が砕け散る
慌てて保存する。
しかし、私たちの足跡は常に確立されているわけではない。
砂山の中でアイデンティティを保つのは難しい。
ある足跡は、その足跡がつく前に失われてしまうものなのだ。
多分、私の足跡は他の多くの足跡に埋もれてしまったのだろう。
どうやって私に連絡を取るのですか？
進むべき道もなく、方向性もない

最後に背を向けて立ち去る日は来るのだろうか？

暗い廊下で延々と春を待つことはできない。

暗闇の中に閉じ込められる

光の歌は書けない。

光は太陽、春、そしてあなたを意味する。

愛

愛は決して死なない。

それは心の片隅で眠っている。

少し触れるだけで目覚める

それは、私たちの呼吸に含まれる香りのように、静かに存在している。

その本質として魂と混ざり合っている

愛は時間の次元の外にある。

風雨にさらされることなく

この儚い世界で唯一永遠なものではないだろうか。

闇の中の光と光の中の闇だ。

混沌の中の静けさ

静寂の中の不協和音

響き続ける終わりのないエコーである

そして、それは長引くだろう

永遠に心の中に

愛に満ちている。

ミラージュ

この長い旅は幻ではないのか？

妄想の中で夢を持ち続けようとする努力。

不毛の荒野に海を探す

私たちが航海を続けている間、無駄なことは決して起こらない。

私たちの進歩はことごとく妨げられている。

試練と激動

これらの試練は、結局のところ、強さを試すものにすぎない。

前方の岩場

私たちの情熱や熱意を測る物差しに過ぎないのではないか？

排除が始まる前に、私たち全員を試すために。

それは心の言葉か、心の持ちようだ。

学んだことを学ばずに何が人生だ？

毎日、多くの登場人物と暮らす

愛の手によって負傷しながら。

静寂を追い求めるあまり、知らず知らずのうちに無秩序に走る。

結局のところ、すべては塵にすぎない。

永遠に燃え続ける

私は激しく燃える。
Smouldering like embers
From the fire within
光と翼を求めてもがく夢と欲望
衝突する壁。
この衝突の摩擦が私を燃え上がらせる。
The smoky ashes that fill the air
are the seared bits of me
Dying a little death at the hands of my own dreams
小さな墓が飛び交い、僕の死んだ部分を包み込む
that reincarnate every day to be burned again.
夢想家の宿命として、私は永遠に燃え続けるだろう。
私のすべてが焦げている。
しかし、傷跡はない

待機

この長い間奏曲

それは終わりがなく、古くから存在する。

何世紀もの間、悲しみという衣に包まれながら散らばってきたこの沈黙。

宇宙さえもその瞬間を待っているようだ。

あなたが引き返して戻ってくるとき。

この瞬間があなたの到着を待っている。

吹き込む風

思い出とともに

私たちが一緒に植えた木の枯れた葉を運んでいる。

黄金色の木漏れ日

何百万もの小さな粒が道に散らばり、道を照らしている。

そしてそれらは、あなたがここに存在していたときの光り輝く瞬間だけを映し出している。

星は毎晩泣きながら露に変わる。

彼らは道をじっと見つめる。

秋のモザイク

ほら、春が来て待っている。
あなたの片鱗のために。

Ajita Sharma

記憶を超える道

記憶はいつまで私たちの中に残るのか？

いつまで鎖につながれるのか？

彼らはいつまで我々をその爪で掴むことができるのか？

彼らを伴侶として、私たちは本当に前進できるのだろうか？

手放すのが怖くないのか？

手放したくないという気持ちが、彼らを養っているのではないだろうか？

そして、それらをさらにプアスで鮮やかにする。

しかし、最終的には降りなければならないのではないか？

現在の谷間で

途切れることのない空間がある、

新たな迷宮への道

地図もガイドもない。

でも、私たちが出てきた迷路は、あまり馴染みがなかった？

まだ、手のひらが血まみれになるまで闘っている、

それが主な動機ではないか？

手に入れることは、託されることとは違う。

それを可能にするためには、現実と戦う必要がある。

精神的な戦いだけでなく、死ぬまで夢を見続ける。

悪夢の果てに、太陽へと続く道がある。

内観

私は自分の内側に降りて内省する。
そして木々は四方八方に広がり始める。
底知れぬ未知のものへと。
世界はこの境界線の中だけではありえない。
禁断の先に何があるのか？
部屋に監禁されている
この森はどこで終わるのだろうか？
この有刺鉄線の壁はいつ崩れるのか？
私はこれを超える。
どこにでも壁はある。
彼らは私が行く先々で、さまざまな変装をして私を睨んでいる。
しかし、私を自分自身に導く探求
どこかで始めなければならない。
追いかけた瞬間に見失わない、あるポイント。
この始まりには海岸線がなければならない。
この森の先にある海
毎晩怖いんだ。

言葉と自由

侵略に耐えられる範囲というものがある。
完全な侵入があった場合
そして選択肢は残されていない。
あなたはまだ私の沈黙を求めている。
でも今日、私は口を開くつもりだ。
同情するかどうか
もう黙ってはいられない。
なぜ、自由のために戦っている言葉を陥れようとするのか？
縛り上げれば、彼らの存在は確実に終わるのか？
でも、いつまで？
認められなければ、言葉は死んでしまうと思いますか？
終わりを確信できるだろうか？
彼らの声に背を向けるだけで、生まれ変わりの可能性を絶つことができるのだろうか？

そして、汚染された幻想を装う背後には

その言葉を毎日口にする鏡の反射を消せるだろうか？

秋のモザイク

語られなかった言葉

言葉は決して死なないと言われる。

奔放に、そして永遠に。
でも、私たちが決して口にしない言葉はどうなるのだろう？

あるいは、私たちの目を通して聞こえてくる、口にしない言葉。

、私たちの心の中に閉じ込められる運命にある。
彼らはどこへ行くのか？何もないところに消えてしまうのか？

表現された相手のように、彼らは永遠に存在し続けるのだろうか？

それとも、私やあなたが存在しなくなった途端に消えてしまうのだろうか？

私たちのこの半永久的な存在において、目に見えない言葉にどんな可能性があるのだろうか？
彼らは生き残るために自分たちの戦いを戦うことができるのだろうか？

それとも、私たちがいなくなった後も、何らかの形で彼らを生かし続けるために、彼らの闘争の一端を担わなければならないのだろうか？

見えない部品

目に見えない部分を守るのはとても難しい。
彼らは最も弱い立場にある。
しかし、私たちは自分自身をいくつかの断片に分割しているのではないだろうか？
黄金の夜に君に捧げた僕の一部
帰ってこない
あなたが去った後も。
毎日、長い目で見つめている、
かつて私の微笑みを映した壊れた鏡の中へ
でも、今は私の笑顔がバラバラになっている。
いつかまた、私の中の彷徨う部分が私を見つけるかもしれない。
どんなに怪我をしていてもだ、
何とか残りの力を振り絞る。
そしてその足取りをたどれば、私にたどり着く。
しかし、私がその復活を切望するように、私はそれを恐れている、

そして、落ち着きなく戻ろうとするその姿は

もし、私たちが最終的に団結する日が来たらどうだろう。

そして互いに見つめ合う、

負傷と敗戦

しかし、お互いを認識することはできなかった。

開かれた刑務所

結局のところ、人生とは開かれた牢獄の中で生きているようなものなのだ。

四方を見えない壁に囲まれている。

私たちは羽ばたくことを許されない翼を持っている。

まるで装飾品のように、重荷のように。

飛翔への欲求は、私たちの忘却のどこかに失われている。

私たちは心地よい無知の中に閉じ込められている。

閉じ込められていることに気づかず

この囚われの身から解放される時を知らずに。

私たちは自由と投獄の狭間に立たされている。

この鉄格子の中で自分の存在を確認する日

彼らは弱り始める。

というのも、投獄されていることに気づくことが自由の始まりだからだ、

壁を破るには、まず壁を見る必要がある。

希望が飛び立ち、地平線が見えるように。

脱走した者は精神異常者のレッテルを貼られる。

私たちのほとんどは、鉄格子の向こう側で生きることを恐れている。

解放されても自由になりたくない人たち

私たちはこの牢獄の中で人生を歩み始める、

それは究極の無駄である。

生きていることを感じ、本当に生きるために、

いつかこの壁から抜け出さなければならない。

秘密の共有

今夜は風の中を散歩しよう。
少し時間をとってください。
そして、私たちが内に抱えているものすべてに出会う。
悩みを肩代わりし、緊張をほぐす。
苦しみをすべて出し切ろう。
私たちが隠してきたもの。
言葉にならない言葉の埃を吹き飛ばす。
彼らが手を差し伸べ、忘れ去られた人々の代弁者となるように。
古い恐れを暴く。
どの程度まで恐怖に耐えられるかを見極めよう。
静かに涙を流す。
だから誰も知らない。
私たちは泣いていた
こぼさないように。

風の膝の上に置くだけでいい
そして、すべてを運び去る
秘密を共有するように。

決して遠くない

ビジネスでは利益と損失が求められる。しかし、混沌の中で沈黙のうちに自分自身を消し去るのは愛ではないだろうか？
では、なぜ私たちは、あなたが私から奪ったもの
、私が失った瞬間について議論しなければならないのか。

思い出の傷が乾くことはない。

触らなくても出血し始める。あなたが私を押し込んだ川の深さは十分ではなかった。

でも、愛に溺れていたのに、どうして溺れなかったんだろう？

だから、私が味わった痛みと涙の話はやめておこう。

あなたは影のようにいつも私のそばにいてくれた
。
もしあなたが目に見える存在なら、私はあなたに触れることができた。

でも、あなたはただの思いつき、妄想だった。
私の心の芯まで舗装した道はまっすぐだった。
でも、何度か道に迷ったね。

、私たちの間には距離がある。
でも時々、
、今の自分を得たのか、それとも以前の自分を失ったのか、と考えることがある。

秋のモザイク

夢

夢はその重要性を失う。
それが満たされた瞬間
満たされないもの、それは私たちを油断させない。
人生に欠けている何かが、私たちを前進させ、さらに多くを求めさせる。
それが航海の価値を高めてくれる。
のんきなのは、すべてを達成した人たちだ。
男にとって旅を続けることは重要だ。
目的地が遠くても、目的地がなくても。
道は常に私たちと共にあるからだ。
人生の魔術を航海するのは容易ではない。
この砂漠を越える者たち
必要なものを詰め込んだのは
気が散るような渇きと不毛と戦うために。
春にはすべての木に花が咲く。
しかし、秋に咲くものは
が一番特別だ。

Ajita Sharma

焼かれる運命

目の前で炎が舞った。
触ったものを食べると警告した
彼らを単なる塵にすることを約束して。
ゆっくりと、痛いほどに、私をむしばんでいった。
熱意をもって私の肉を焦がした。
私の悲鳴は煙となり、立ちのぼり、無に帰した。
私は森のように激しく、そして完全に燃えた。
私はひとりで苦しみ、燃えさしになった。
私の血はゆっくりと溶けていった
私の世界が炎に包まれ、皆が逃げ惑うのを私は見ていた。
私の肉体が燃えて落ちるように
治った傷跡は消えていた。
そして、癒えることのないものを発掘した。
私は血を流し、血を流したが、自分の苦悩に打ち負かされることはなかった。

長い間燃え続けた後、ある時が来た。

全然痛くなかったとき

炎は毛布のような心地よさしか感じなかった。

私は両手を上げ、黒くなった皮膚を見た。

他人が残した傷跡はもう見えない。

硬い洞窟の壁に刻まれたような、戦闘シーンの刻印だけが残っていた。

私は煙のような息を長く吐いた。

そして私を覆っていた灰を取り除いた。

私は残ったものを払いのけた。

私は暗闇の中に溶け込んで立っていた。

傷つきやすい灰の上をそっと踏みしめながら、私はすべてを置き去りにした。

燃やされる運命にあったものすべてだ。

無名のまま行方不明

あなたの心の入り口は曖昧で霧がかっている。
そこに至る道は迷路だ。
一人旅
私は先を求めて山を周回している。
でも、僕は放浪者なんだ。
故郷への憧れを胸に。
私は逃げ出したいという圧倒的な欲求と戦っている。
そして、私を追いかけてきたノスタルジックなリズムに耳を傾けてほしい。
あなたが私と一緒にいた頃の、消えゆくエコー
まるで雲の上の約束のように。
霧雨のような雨粒の涙
私を渇きで満たしてください。
痛みと実感でいっぱいになる。
あなたが残した戦慄の空白の
漠然とした目的地に向かう私の足取りは、なんと揺るぎないものだろう。

秋のモザイク

曖昧なトンネルに向かうように
もう一方の端にあなたがいることに気づかない
。

沈黙の糸

私は沈黙の糸からノイズを編み出した
蛍を一匹ずつ採って太陽を彫る
金色に輝く色彩は十分に鮮やかだった。
煌びやかな服装の陰に私の痛みを隠すために
私はすべての橋を燃やした
そして、その火で道を照らした。
別れの夜、私はカーニバルへと続く道を選んだ。
私の平和は、物事を解決するのに十分ではなかった
だから私は血の色で反乱を描いた。
降り注ぎ、土に触れた雫
水蒸気となって立ち上り、広がる
質問されることのない騒動を引き起こした
耳を塞がなかった者たち
激動の音楽に合わせて踊る

彼らは混乱の中に飛び込み、解明し、解き明かす。

そして、私が中断していた部分を解きほぐし、織り始めた。

私の墓

私が残した墓は私のものだ。

私の一部は、それぞれの中に生き埋めになっている。

その目はいつも私を睨んでいる。

荒涼とした小道を散歩する

私の名前を冠した墓に沿って、

なぞなぞを投げかけてくる

私には解読できない。

その答えを見つけるために

迷宮を散歩しているようだ。

裸の枝にエレジーがとまり、何かが起こるのを待っている。

広大な墓地のような静寂が耳をつんざくように響く。

儀式のように始まり、終わらない。

これは私の作品なのだろうか？

それとも、私は埋葬されるのを待っている、取り残された作品なのだろうか？

秋の延長

この深い時の裂け目の中で
夢の中で生きている。
秋がずっとここにあるようだ。
出て行くのを忘れてしまった。
すべてが止まってしまった。
うとうと
何にも影響されず、手つかず。
休息を期待して待っている。
あるいは、中断された絶頂からの救済の可能性のために。
いつかこの空虚な場所に戻ってくるかもしれない。
そしてため息とともに、すべてが復活する。
この休眠状態の中で、あなたの考えはどれほど不自然だろうか？
決して止まらないし、止まらない。
彼らは永久に動き続ける。

私は毎日枯葉を集めている。

かつて約束したように、あなたに手紙を書くこと。

しかし、ある考えが影を潜めている。

キメラの夢を胸に、

私は腐敗の色だけを集めているのではないだろうか?

戦争と春

偉大な戦争は決して単独で戦われるものではない。

私たちはいつまでサイアマキーに携わっていられるのだろうか？

そのような無益の中で迷うことが、私たちの魂の目的であっていいのだろうか？

目の向きを変えずに、本当に変化を望むことができるのだろうか？

個人的な理由で日程を変更することはできない。

自らの十字架を背負う

は戦いを弱める。

そして目的地を困難にする。

暗闇の部屋で光を待つのは無駄だ。

何のために？

砂漠に幽閉された男

春が待ち遠しいというのは、とらえどころのない幻想だ。

その道とは、意志ある反抗の道である。

光を封じ込めたその手に対して

やがて春が来る

しかし、干からびた中にある幻のオアシスにいない人たちだけの話だ。

その代わり、血まみれの腕と反乱の記憶を胸に、道を行く人々のために。

彼らは岐路のどちらかを選ぶだろう。

鋭い目と力強い手で、

今黙っていることを選ぶ人たち

春の到来を見ることはないだろう。

再会

私たちのこの存在は、塵の雲にすぎない。

永久機関の異常発生

私たちのパフォーマンスには時間が限られている。

最終的な評決宣言の前に。

いつか風が吹いて、私たちの存在を散らしてしまうのではないか？

何も残らない。

少しの失望と少しの憤りを除いては。

一握りの灰

逃れられなかった謎めいた欲望の名残り。

夢と人生は決して同じではない。

しかし、両者はまったく違うのだろうか？

私たちは、あるもののはかなさに気づく一方で、別のものには気づかない。

私たちの存在は難しい問題だ。

談話や下りは何のためにあるのか？

究極の答えが沈黙であるときに。
すべてを置き去りにする
私たちは宇宙に散っていく。
しかし、それではただの同窓会になってしまうのではないか？

秋のモザイク

淀んだ悲しみ

悲しみはまた私の目の前に戻ってくる。
私が許せば広がるだろう。
それでも無視すれば染み込んでくる。
窓や隙間から。
経過年数
そして私は巣を変え続けた。
でも、それは毎回私を見つける。
執拗な恋人のように
避けようとしても、いつも捕まってしまう。
炎が熱を失った奇妙な時間
しかし、執拗な心はあきらめない。
私の言葉は私を満足させない。
私が何を考えていても、彼らはそれを表現しない。
私の言葉を超えた言葉で歌いたい。
もし聴くことができたら
何も問題ないのでは？

と思うこともある。

私は偶然にも他人の悲しみを受け継いでしまったのだ。

間違いなく私の分け前の幸せ

が道の曲がり角で立ち往生している。

孤独に怯えながら、まだ私を待っているに違いない。

秋のモザイク

あなたの不在

あなたがいないことで、なぜか存在感が増している。

あなたが残したこの空虚の中で、あなたはより力を発揮する。

出発の瞬間から

あなたは遍在するようになった。

以前は無傷だった鏡

それが壊れて以来、無数になった。

小さな欠片のひとつひとつが突き刺さる

しかし、私の宝物の光り輝く記念品である。

あなたの存在は、影と光のように隅々にまで広がっている。

あなたがかつて私の耳にささやいた言葉

私の孤独な静寂の周囲に舞い上がり、今ではどこにでもいる。

私の心の中にあったもの

は今、私の他の部分にも広がっている。

日を追うごとに自分を見つけるのがとても難しくなっている。

単なる酩酊に過ぎなかった愛、

その激しさは限界に達し、今ゆっくりと私を消滅させようとしている。

光のシェア

死は夢だ。
出口なし
仮面の奥に隠れていることに気づかない。
私たちはこの終わりのないトランス状態に入る。
私たちが抱いていた歪んだ認識を信じながら
呪文が必要ない魔術の通路で。
それは、私たちをこの無限の静寂へと導く道でしかなかった。
運ぶもの、出会うものすべてが幻にすぎない、はかない旅から。
ぼやけた視界を晴らしてくれる、前途多難な道へ
私たちは誤解を招くような注意散漫な状態で歩いている。
ただ闇を吸い込み、吐き出すだけである。
この暗闇に包まれて、私たちは理解する。

私たちの光は散らばってしまったが、この暗い世界のどこかで見つけることができる。

あの世の暖かさにたどり着くまで、前進することだけが唯一の選択なのだ。

光の分け前を見つけるまで歩き続ける。

渇き

私は存在している
でも、私が生きているかどうかは関係ない。
それは私には決められない。
しかし、この単純な疑問に対する答えを知る術はないようだ。
もし私がまだ生きているなら
なぜ痛みが麻痺してしまったのか？
私の涙は水蒸気になってしまったのか？
地球の４分の３には水があると言われている。
では、なぜ私のパートには渇きしかないのか？
永遠に流れるこの深い川のそばで。
目的地まで続く火のトンネルを通らなければならない。
もう一方の端で見つける
私は金になったのか、それとも燃えかすになったのか？

Ajita Sharma

簡単ななぞなぞ

あなたのところに行きたい
簡単ななぞなぞのような
簡単に解けるもの
自分の小さな勝利に微笑むようなものだ。
そのようなジェスチャーで話したい。
それは、私の複雑な欲望をまったくシンプルに表現してくれるものだ。
私の啓示を妨げるものではないのだ。
裸の弱さの中で、私の思いをあなたの前に横たえてほしい。
私の言葉で築いたこの複雑な城に何の意味があるのだろう？
壁が毎日あなたの香りを吸い込まなければ
埃の山になってしまうのでは？
私の言葉の意味が薄れてしまう。
もしそれが、あなたへの憧れを伝える邪魔になるなら？

言葉でさえ、理解されることを切望しないのか？

目的地に到着する前に消滅した場合

それなら、自分の沈黙を代弁すべきではないだろうか？

唯一の宝物

部屋のフック
は空ではない
そこには数々の思い出が詰まっている
真夜中にね、
孤独だけを伴侶に
思い出の温もりに包まれる
そして私の部屋は、静寂の子宮の中で眠っている、
突然、混沌とした反響音に満たされる。
過去の片鱗が川のように私の周囲に漂っている。
過ぎ去りし面影を忘れず
目の前を鮮やかに泳ぐ
時間の侵略から守る
彼らは決して私を見捨てない
旧友のように私を包んでくれる
ひとりでいるとき、私はよくこんな思い出に溺れる。
彼らだけが私の宝物なんだ。

秋のモザイク

私の歌

あなたはもう私の歌の中にはいない。

曲はどこかで失われてしまった。

音楽が聴こえなくなった。

私の思考の中でも、夢の回廊の中でも、あなたは通り過ぎない。

時折、意味のない涙が流れるだけだ。

昔の絶望の残滓のように。

目の奥に影が残る。

あなたとともに生きた一瞬一瞬が、時間を追うごとに闇に消えていく。

もう痛くないよ。

あるいは、この痛みを感じなくなったのかもしれない。

もう何も言うことはない

痛みの悲鳴を除いては

それは、この静かな深淵に暗示としてのみ存在する。

これ以上何を砕くというのか？

この痛みのモザイクの中で
あなたは忘れ去られた記憶だ。
それは永遠に私の肩にとまっている
時には雨の中で、時には太陽の下で羽を広げるだろう。
でも、もうその記憶の影にはならない。

秋のモザイク

未読

私は彼のためだけに書く。

いつもそうだ。

一度も私を読もうとしなかった人

私はアウレア・カバーの向こうにいた。

そして、華麗なカーリーよりもずっと。

そのページには、私が本当に裸であることが書かれていた。

しかし、彼らは無駄に彼の感触を待ち望んだ。

私の弱さは、どこかで頑固さに囲い込まれていた。

それは、彼の几帳面さが発見されるのを無為に待っていた。

彼に埋めてもらうためにわざと空白にしたページもあった。

しかし、その道は未踏のまま見つからなかった。

方向音痴の草原だった、

もし彼がその小道を歩いていたら、何百万もの押し花を見つけたことだろう。

奥まった通路の中で

と書かれている。

私が彼の名前を名乗るたびにね。

秋のモザイク

くすぶる夜

静かな月夜
は私の呼吸と融合した。
蒸し暑い夜が続く、
今夜、誰かが私を探しに船出した。
月は私の待ち望む孤独の唯一の証人だ。
この月明かりの中で、私は彼の写真をたくさん織った。
彼の匂いが蒸し暑い空気に混じっていた。
彼の到着が近づいているというメッセージをもたらした
おそらく、彼は私のために何かをつぶやいたのだろう。
風が突然、音楽のように聞こえた。
私の落ち着きのなさは、このアタラクシアの中では矛盾しているように思える。
自分の一部が自分から離れていく。
そして彼に引き寄せられる。
私の一片一片を、彼の探求のために。

この別離を終わらせるために、彼の存在を求めるのだ。

言い知れぬ焦燥感が彼らを導く

彼らは途中で合流する。

秋のモザイク

行方不明

人生は失われていない。

しかし、何が欠けているのだろうか？

何かが不完全なまま、完成の瀬戸際に立たされた。

まだ絶頂を求めて漂流している。

暗闇のどこかで失われた一片の光

相変わらず、私の追及を避けている。

しかし、時には、そう思えることもある。

その先には朝が待っている。

夢が私のタッチを待っている。

しかし、このもつれの中で、前途はいかに霞んで見えることか！

私たちの間には有刺鉄線が迷路のように張り巡らされている。

この上を歩いてくるんだ。

それを越えて、私のところに来てくれる？

毎晩、あなたの名前を呼ぶ私の声のこだまが聞こえないの？

そして、私はあなたにささやき続ける。

誰かがそこにいることを思い出させてくれる。

あなたを待っている

誰かがあなたの存在を求めて燃えている。

それでも、この恐ろしく広大な大地を渡らないのか？

秋のモザイク

思い出の道

もし、思い出のレーンが実際のレーンだったら？

時には散歩もできた。

私たちが見つけたものに満足できるだろうか？

あるいは、自分たちの窮状に失望する。

野の花の中で君を見つけることができるだろう。

私の手を握ってくれる？

この孤独な道を一人で踏みしめるのは怖いと感じる。

過去の亡霊に取り憑かれた。

あなたがいれば、私はもっと強くなれる。

そして、まだ残る疑問の亡霊を恐れることはないだろう。

踏みしめながら、私を抱きしめて、

私たちが共有した思い出を追体験するために。

一緒に失った人たちに会うために。

そして、かつての自分自身を大切にすること、
どれだけ奇妙なことになるか
酸っぱい時も、甘い時も、苦い時も、
その味に圧倒されることだろう。
また傷つく瞬間があるかもしれない。
それでも私の手を握り続け、レーンの端まで歩く。
夜明けの出発時間まで。
一緒にお土産を選ぼうか。
いつの日か、この手のひらの中に、
そして、私たちの涙でそれを濡らす。
いつか私がいなくなった後
そして、気がつくと一人で歩いている。
どこかで私の名前を見つけたら
一度でいいから、声に出して言ってみて。
過ぎ去った時間が突然戻ってくる。
そして、この思い出横丁のどこかで、私が幸せに暮らしているのを見つけるだろう。
私は永遠にそこに住み、あなたを抱擁する。
不滅の記憶と腐敗の影響を受けない。
時間を見つけて、そこで会おう。

破壊された楽園

今夜、窓の下の川はとても落ち着きがない。
月面は震えている。
孤独な夜光への孤独な道、崩壊。
この夜も、小さな楽園は乱れ、つかみどころがない。
その穏やかな表面には、粉々になった金の破片が100万個も散らばっている。
この川が鏡のように見えるのはなぜだろう？
光の破片を未知の目的地まで運ぶようだ。
無傷の世界が静かに動いている。
私の手には触れず、波の下の乱気流を覆い隠す。
深みに溺れることを恐れない人たちのために、その謎を解き明かす。
夕暮れ時のこの川の輝きは、なんと心地よいことだろう。
時間と埃から守られた安息の聖域。
しかし、この人里離れた夜に、

隠された昂ぶりを引き出す。
噴き上がる波が静かな悲鳴に見えるのはなぜか？

秋のモザイク

手放す

なぜあなたはまだ私の記憶の中をさまよっているのですか？

私たちの進路と目的地は分かれた。

では、なぜまだ振り返っているのか？

手放せないものは何ですか？

風に飛ばされるのは砂の宿命ではないか？

ではなぜ、その砂を不滅の楽園に変えようと固執するのか？

誰かの思い出の中に紛れ込んでしまうのは、私たちの宿命なのだ。

では、なぜあなたはエバネッセンスにしがみつき続けるのか？

そして均衡を築くことを夢見ている。

この吹雪の中、ランプに火を灯し続けるのは難しい。

それならなぜ、光を保つために自分を燃やしているのか？

遊牧民の不眠症の入り口にて

あなたは巣の夢を持って立っている。

あなたが持っている光だけでは、この街の隅々に眠る闇を追い払うには不十分だということを。

著者について

Ajita Sharma

Ajita Sharma（アジタ・シャルマ）は、インド出身の作家兼詩人です。彼女の作品は様々なオンライン出版物やアンソロジーに掲載されています。非常に若い頃から物語を織り始めた熱心な読者であり、彼女は芸術、文学、写真に深い興味を抱いています。

www.ingramcontent.com/pod-product-compliance
Lightning Source LLC
LaVergne TN
LVHW041543070526
838199LV00046B/1815